AF309174

Bibliothèque Syndicale et Ouvrière

—

N° 18.

Léon ARISTID

Conversions

PARIS

IMPRIMERIE TÉQUI ET GUILLONNEAU

3 bis, RUE DE LA SABLIÈRE (XIV°)

BIBLIOTHÈQUE SYNDICALE ET OUVRIÈRE

Cette bibliothèque se compose d'une série de petites brochures écrites dans un style pris sur le vif et de lecture facile et attrayante. D'une moralité irréprochable et d'une grande utilité pratique, elles sont destinées à être répandues en grand nombre parmi les jeunes gens et les ouvriers à qui elles feront incontestablement un grand bien.

N° 10. — **Soutane et Blouse** qui montre par les faits comment un curé soucieux d'attirer à lui les travailleurs, a transformé une cité ouvrière.

N° 11. — **Tous Mutualistes!** pour faire comprendre que la mutualité rend l'ouvrier prévoyant et meilleur.

N° 12. — **Vers la Prévoyance.** Pour engager à penser au lendemain.

N° 13. — **Sages Conseils.** Cinq Récits pleins de charme donnant chacun une leçon sur la vie pratique.

N° 14. — **A Paris!** Intéressant et suggestif fait divers montrant combien le paysan s'illusionne quand il abandonne sa situation au village sous prétexte de venir faire fortune à Paris.

N° 15. — **Partout des Frelons!** pour montrer que dans notre vie actuelle beaucoup vivent aux dépens des autres.

N° 16. — **Vers la Croyance.** Pour montrer du doigt qu'en se rendant meilleur, on se rend plus croyant.

N° 17. — **Méfiez-Vous!** Récits pris sur le vif où l'on prouve combien il faut se méfier des gens trop prometteurs.

N° 18. — **Conversions** où par quelques épisodes bien compris on montre combien il est bon de sortir de l'erreur.

N° 19. — **Histoires diverses.** Faits divers renfermant chacun une moralité en rapport.

Conditions de vente: **0 fr. 10** l'exemplaire; **8 fr.** le cent. ; **60 fr.** le mille.

Comment on change son Idée

Chalumeau et Vert-de-Gris, deux copains d'atelier, sortent de chez le marchand de vin ; ils semblent très animés, et continuent, dans la rue, la discussion commencée devant le comptoir.

VERT-DE-GRIS. — Tu peux raconter tout ce que tu voudras ; je trouve, moi, que le « camarade » Hervé a cent fois raison, et que tous ceux qui se laissent encore prendre à tous ces grands mots de patrie, de devoir, d'héroïsme sont des poires, tu entends, Chalumeau : des poires !!!

CHALUMEAU. — Des poires ; c'est entendu. Mais pourtant, si demain, les Allemands envahissaient la frontière, et mettaient la main sur tout ce que nous possédons : les terres, les usines, les grandes industries ; si, comme en 1870, ils nous forçaient à payer un certain nombre de milliards qui, ensuite, nous retomberaient sur les épaules sous forme d'impôts nouveaux, tu pourrais bien changer de ton !

VERT-DE-GRIS. — Penses-tu ? D'abord, qu'est-ce que ça peut bien me faire à moi, qu'on prenne les usines, les industries et tout ce qui s'ensuit : je ne possède rien de tout ça ! Pour les impôts, je m'en contre-fiche : avec quoi voudrais-tu que je les paie, je n'ai pas le sou?

CHALUMEAU. — Pas le sou? Et ton salaire, donc! Tu gagnes, en ce moment, comme moi, 9 francs par jour. Le jour où, à la suite d'une guerre, tous les ateliers seraient fermés, ne serions-nous pas forcés de serrer notre ceinture d'un cran? Et comme la première condition de conserver la paix, c'est d'être fort, nous avons donc intérêt à entretenir une armée capable de résister à toute agression.

VERT-DE-GRIS. — Voilà! Ce n'est pas plus malin que ça. Pour éviter la guerre, il faut entretenir dans l'oisiveté un million d'hommes, qui coûtent au pays des centaines de millions chaque année; il faut se payer des fusils, des canons, des cuirassés, qui coûtent des sommes folles; mais il n'est pas difficile de voir qu'une guerre serait, à ce compte-là, beaucoup plus avantageuse, et coûterait dix fois moins cher. Et puis, j'ai ma conviction, et je la garde : je suis antimilitariste, antipatriote et je m'en vante. D'ailleurs, depuis longtemps déjà, la plupart de tous les travailleurs se moquaient pas mal de toutes ces balivernes; mais personne n'osait le dire. Aujourd'hui, ce n'est plus la même chose. Depuis que le « camarade » Hervé a démontré qu'après tout ces idées pouvaient se défendre et se soutenir absolument comme les autres, on ne se gêne plus pour dire ce que l'on pense, et, petit à petit, la classe ouvrière tout entière sera bientôt acquise à nos idées.

CHALUMEAU. — Tu es sans doute un peu trop pressé et tu prends, ce me semble, tes désirs pour la réalité. Heureusement, pour nous tous, que la classe ouvrière n'en est pas encore

arrivée où tu dis, car ce serait du propre !
Moi, je ne suis cependant qu'un ouvrier
comme toi ; cependant, j'estime que l'armée
est nécessaire ; que la Patrie, quoi qu'on dise,
doit être respectée, et mérite d'être défen-
due, et je suis sûr que, malgré tes idées antimilitaristes et antipatriotiques, si l'occasion
se présentait tu ferais bien le coup de feu avec
les camarades.

Vert-de-Gris. — Ça, mon vieux, faut pas y
compter ! Les Prussiens peuvent venir quand
ils le voudront, ce n'est pas moi qui leur oppo-
serai la moindre résistance. Je ne m'occupe-
rai que d'une chose : sauver ma peau. C'est
tout ce que je possède, et j'y tiens !

Un an plus tard, Vert-de-Gris et Chalumeau,
que les hasards de l'embauchage avaient
séparés, se retrouvent inopinément au coin
du Faubourg-Saint-Antoine et de l'avenue
Ledru-Rollin : poignées de main, congratula-
tions, etc.

Vert-de-Gris. — Ce vieux Chalumeau !
Quelle veine, de se rencontrer ! Dire que voilà
un an qu'on ne s'était pas vu !

Chalumeau. — Et le travail, ça va toujours ?

Vert-de-Gris. — Mais oui, ça marche, je ne
me plains pas ; et toi ?

Chalumeau. — Moi non plus.

Vert-de-Gris. — Au lieu de causer ainsi
dans la rue, si qu'on irait prendre un verre ?

Chalumeau. — C'est ça, allons prendre un
verre !

Deux minutes plus tard, la conversation continue
devant une chopine de picolo.

CHALUMEAU. — Tu habites toujours à Charonne?

VERT-DE-GRIS. — Oui, mon vieux; mais pas pour longtemps, car je vais prochainement m'installer à la campagne, dans une maison que je suis en train de faire construire.

CHALUMEAU. — Comment! tu es propriétaire?

VERT-DE-GRIS (*modestement*). — Mais oui, mon vieux! Je paie mon terrain à raison de 3 francs par semaine; je me suis fait inscrire à une Société d'habitations ouvrières, qui, après enquête, a accepté de me construire une petite maison de 5.000 francs, que je solderai par mensualités, et seulement quand j'aurai fini de payer mon terrain. J'ai quinze ans pour me libérer entièrement; mais, au terme prochain, je serai chez moi!

CHALUMEAU. — Toutes mes félicitations! Ah! à propos: tu te rappelles sans doute la discussion que nous avions ensemble la dernière fois que nous nous sommes rencontrés?

VERT-DE-GRIS. — A propos de?...

CHALUMEAU. — A propos de l'antimilitarisme.

VERT-DE-GRIS. — Ah! oui... Eh bien?

CHALUMEAU. — Eh bien, mon vieux, j'ai, depuis, assisté à plusieurs conférences, j'ai écouté attentivement les explications des orateurs, et je ne suis pas loin de penser qu'ils ont raison, et que tu avais raison. Après tout, soutenir l'armée, défendre la patrie, c'est jouer un rôle de dupe.

VERT-DE-GRIS (*sans enthousiasme*). — Ah! tu trouves?

CHALUMEAU. — Comme tu dis ça! On croirait que tes opinions se sont modifiées?

VERT-DE-GRIS. — Mon vieux, écoute, je ne suis pas ce qu'on appelle positivement une girouette; mais je ne suis pas non plus de ceux qui, stupidement, persistent dans une idée même quand ils ont reconnu qu'elle est mauvaise. D'abord, je me suis aperçu que la plupart de ceux qui attaquent l'armée et déblatèrent contre la Patrie, entre nous, ça n'est pas la crème ni la fleur des pois. Plusieurs fois, je me suis trouvé assez gêné d'être en semblable compagnie; et puis, maintenant, ma situation est changée : je ne serais pas du tout satisfait si, demain, on venait me démolir à coups de canon ma petite bicoque, et me dévaster mon jardin.

Chalumeau. — Alors tu n'es plus antimilitariste?

Vert-de-Gris. — Je le suis peut-être encore un peu, mais dans un autre sens; je suis contre les abus qui se commettent dans l'armée, mais je pense que l'armée a tout de même sa raison d'être, et que, puisqu'il n'est pas possible que, en cas d'agression, chacun puisse s'arranger pour se défendre tout seul, il faut bien tout de même que l'on s'organise pour se protéger les uns les autres, et se défendre tous ensemble si cela devient nécessaire.

Chalumeau. — A la bonne heure ! tu parles maintenant comme un homme raisonnable. Il n'est tel que de posséder quelque chose, pour comprendre la nécessité de prendre collectivement les mesures de préservation nécessaires. C'est égal, je ne me serais jamais douté que tu mettrais si peu de temps à devenir conservateur !

Vert-de-Gris. — Eh oui ! j'ai évolué, je ne dis pas le contraire, et je comprends que tu te moques de moi ; mais je ne t'en veux pas, et la preuve c'est que je t'invite à venir visiter ma petite propriété. Tu viendras pendre la crémaillère, veux-tu ?

CHALUMEAU. — C'est convenu ! Mais en attendant, tu vas me permettre de t'offrir une seconde tournée ?

VERT-DE-GRIS. — C'est pas de refus !

CHALUMEAU. — Patron... une autre chopine de picolo ! !... A la santé du nouveau propriétaire et à sa récente conversion !

II

Le Revers de la Médaille

— Mon vieux, dit un lundi matin, le forgeron Maudant à son copain Remoulet, tu ne devineras jamais où j'ai passé ma soirée, samedi dernier.

— Tu es allé au théâtre.

— Non !

— Au concert.

— Non !

— Alors tu es resté jusqu'à la fermeture chez un bistrot quelconque à faire d'interminables parties de manille ou de piquet ?

— Tu n'y es pas encore.

— Tu es resté chez toi.

— Merci bien ! avec quatre gosses qui font un vacarme d'enfer et la bourgeoise qui s'époumonne à crier après eux, non, mais tu ne me vois pas, passant une soirée au milieu de ce tintamarre !

— Pas très flatteur pour ta famille, cela : mais enfin, pour revenir à nos moutons, je renonce à trouver où tu as pu passer la soirée de samedi, et j'attends que tu t'expliques.

— Eh bien! mon vieux, j'ai été tout simplement entendre des anarchistes parler sur l'antimilitarisme.

— Vraiment ! et c'était intéressant ?

— Instructif surtout. Depuis longtemps j'avais beaucoup entendu parler des anarchistes, j'avais entendu dire d'eux beaucoup de mal et je me figurais qu'ils étaient pour la plupart des malfaiteurs, des gens de sac et de corde, toujours prêts à tout bouleverser, à tout démolir et incapables de raisonner sérieusement ; mais, je les ai entendu s'expliquer, mon opinion sur eux et sur leurs idées s'est profondément modifiée.

— En un mot, ils t'ont retourné, converti quoi !

— Ne plaisante pas. Ce qu'ils ont dit sur l'armée, le patriotisme, les charges énormes imposées au pays pour le maintien d'une armée qui ne produit rien, m'a semblé absolument juste, et je suis certain que si toi, qui es un homme d'étude et de bon sens, tu avais assisté à cette conférence, tu serais de mon avis.

— Pas sûr, mon vieux ! D'ailleurs, si je n'ai pas assisté à la conférence, je connais l'opinion des anarchistes sur la question, et comme ils sont pour la plupart de bonne foi, qu'ils ne cherchent pas comme les politiciens de tous partis à masquer sous des phrases ronflantes et équivoques ce que leurs idées peuvent avoir de choquant pour les timorés, les égoïstes, les satisfaits, les « bourgeois », en un mot, je puis, à peu de chose près, sans avoir assisté à la réunion, te répéter ce qui a été dit.

— Ça, par exemple, ce serait un peu fort !

— Très simple, au contraire, tu vas voir !

D'abord, comme exorde l'inévitable couplet de la prochaine victoire de la science sur ces absurdes barrières conventionnelles qui s'appellent les « frontières ». Demain, quand les ballons dirigeables sillonneront l'espace et pourront librement, à des hauteurs vertigineuses, franchir, inaperçus, les frontières.... C'est bien ça, n'est-ce pas ?

— Oui, continue.

— Ensuite, le couplet sur l'armée. « Il est

absolument déplorable de voir des jeunes gens de vingt ans arrachés à leurs familles, à leurs études, à leur avenir, et forcés de faire pendant deux ans un métier stupide dont le résultat est de les habituer à la paresse, de les courber sous le joug de l'officier, d'annihiler leur cerveau, d'atrophier leur volonté. En un mot, l'armée est l'école de la servitude. Celui qu'on appelle le «bon soldat » parce qu'il obéit sans discuter, sera plus tard le «bon ouvrier» qui subira pendant toute sa vie le joug du patron, comme il a subi celui des galonnés à la caserne. »

Et maintenant, le côté matériel. « Les dépenses énormes nécessitées pour l'entretien d'une armée oisive ; les millions engloutis, chaque année, dans ce gouffre, millions prélevés sur les salaires des travailleurs, sur le pain des humbles ; enfin, cette quantité prodigieuse de forces inoccupées de bras, chargés de cet instrument de meurtre, le fusil, et qui pourraient être utiles ailleurs, dans le commerce, dans l'industrie et surtout dans l'agriculture. »

C'est exact, toujours ?

— Oui, à peu près, j'attends la suite.

— La suite ! C'est le remède, le désarmement qui s'impose. La France, pays des idées généreuses, des nobles initiatives, doit à son passé, à sa réputation d'institutrice de progrès, de donner l'exemple.

Quelle clameur de délivrance retentirait dans le monde le jour, où sous la poussée irrésistible de la volonté exprimée par le pays tout entier, la Chambre repousserait le budget de la Guerre, et voterait le licenciement immédiat de l'armée ! Cet acte trouverait instantanément un écho formidable dans tous les pays voisins, et de bon gré ou de force, leurs gouvernements seraient bien obligés de suivre l'exemple de la France.

Cela pourrait être fait dans un bref délai, et alors plus d'acharnement entre les peuples, plus de guerre possible; ce serait, en peu de temps, la diminution des impôts, l'élévation des salaires, en un mot, l'âge d'or ramené sur terre.

J'ai abrégé, tu le comprends bien, me bornant à ne citer que les grandes lignes des idées développées par les orateurs, mais c'est bien cela, n'est-ce pas?

— Tout à fait, mon vieux. Mais à présent, j'attends que tu me dises ce que tu vois d'irréalisable dans ce programme; en quoi, il est contraire aux intérêts des travailleurs, lesquels n'ayant rien à défendre, sont obligés, les uns de sacrifier inutilement deux ans de leur vie, les autres de contribuer à l'entretien d'une armée qu'il serait si facile de supprimer.

— Ce que je reproche aux théoriciens de l'anarchie et de l'antimilitarisme, je vais te le dire, en deux mots : je leur reproche de n'envisager qu'un seul côté de la question, de n'apercevoir que le *revers de la médaille.* Certes! en ce qui concerne les lourdes dépenses de l'armée, de l'intérêt considérable qu'il y aurait à obtenir le désarmement, tout le monde est d'accord.

Le jour où à la suite d'une entente faite entre les principales puissances lesquelles accepteraient, non pas de supprimer mais de réduire, dans de larges proportions, leurs effectifs, tout le monde, il est vrai, y gagnerait, car il en résulterait de grandes économies budgétaires dont les travailleurs comme les autres d'ailleurs pourraient profiter. Quant au désarmement effectué dans les conditions formulées par les anarchistes et avec leurs arrière-pensées, je crois qu'il occasionnerait de graves mécomptes.

D'abord, tu ne nieras pas que l'armée, telle qu'elle existe actuellement fait vivre une immense quantité de travailleurs; rien que le licenciement des ouvriers des arsenaux, des entreprises d'habillement et d'équipement, causerait dans le pays une profonde perturbation. Ce serait, au bas mot, 200.000 ouvriers et ouvrières en chômage, auxquels il faudrait naturellement ajouter les 600.000 soldats de toutes armes, qui, étant licenciés, devraient aussi chercher à gagner leur vie ailleurs. Donc, premier résultat du désarmement complet et immédiat, 800.000 chômeurs de plus sur le pavé, rien que pour la France; ajoutez à cela, en mettant les choses au mieux, c'est-à-dire en admettant que les nations voisines désarment en même temps que la France, un nombre au moins égal de Belges, Allemands et Italiens qui, ne trouvant pas à s'occuper chez eux, franchiraient les frontières pour venir gagner leur pain chez nous.

C'est alors que l'on verrait, en vertu de la fameuse « loi d'airain » laquelle ne peut pas malheureusement être abrogée, les salaires baisser dans d'effroyables proportions; ce serait, dans tout le pays, une misère noire, sans précédent.

— C'est bien possible. Franchement, je n'avais pas songé à tout cela.

— Sois certain que les anarchistes antimilitaristes, eux y ont songé et qu'ils comptent surtout sur la misère dont je te parle, pour pouvoir soulever le peuple, et faire la Révolution qui préludera à l'avènement de leur prétendue société nouvelle.

— Mais ne peut-on pas désarmer seulement en partie?

— Ce serait plus sage mais encore très dangereux pour la nation qui commencerait.

Supposons que la France soit la première à désarmer partiellement et que les nations voisines se refusent à l'imiter, ne serait-il pas facile à l'Allemagne, à l'Italie, de profiter de notre infériorité pour nous imposer des tarifs douaniers draconiens. qui ruineraient notre industrie et notre commerce? Ne serait-ce pas également. la famine ou la misère pour les travailleurs?

— C'est vrai !

— Allons, je vois que tu commences à comprendre. Pour finir de te convaincre, je vais te donner un exemple qui te démontrera que les dépenses énormes faites pour l'armée profitent plus que tu ne le crois aux ouvriers.

L'armée française possède actuellement 5 millions de fusils dont chacun coûte à l'Etat 60 francs ce qui fait une dépense totale de 300 millions. Or, dans chaque fusil, il entre seulement pour 5 francs de matières premières, acier et bois, les 55 autres francs sont absorbés par la main-d'œuvre, c'est-à-dire par les salaires revenant aux ouvriers. De sorte que, comme tu le vois, les dépenses faites pour l'armée, profitent largement aux travailleurs !

— C'est pourtant vrai. Je n'avais pas réfléchi à tout cela; je vois bien maintenant que c'est toi qui a raison et qu'une fois de plus je m'étais laissé monter le coup....

Il n'y a pas de mal à revenir sur soi-même, mais apprends à ne pas te contenter des apparences et sache aller jusqu'au fond des questions.

III

Suites de Grève

— Ah ! c'est vous, Rouhaud ! Vous avez prévenu Martin ?

— Oui, Monsieur, il est là, il attend.

— C'est bien. Faites-le entrer et laissez-nous !

Le contremaître salua et sortit, en faisant un signe à l'homme qui attendait derrière la porte.

Délibérément, Martin entra dans le bureau tenant sa casquette à la main, et s'arrêtait campé tout droit, en face du fauteuil dans lequel se tenait M. Forestier, le patron.

Martin était un ouvrier de haute taille, portant une quarantaine d'années ; son visage maigre, aux traits réguliers, était encadré par une barbe noire, soignée et drue, entremêlée de quelques fils d'argent.

— Ah ! vous voilà, Martin, dit le patron, approchez un peu, j'ai à vous parler. Depuis combien de temps travaillez-vous ici ?

— Ça fera trois ans à la Toussaint, répondit l'homme d'une voix calme et posée.

— D'où sortiez-vous lorsque vous êtes entré ici ?

Martin sembla hésiter une seconde, puis il répondit :

— J'avais travaillé à Paris.

« — C'est bien cela, je le savais ; je sais même beaucoup d'autres choses encore, car trois semaines environ après votre entrée chez moi, j'ai reçu du commissaire de police de la localité la lettre suivante qui vous concerne. Veuillez, je vous prie, en prendre connaissance.

Martin eut un sursaut et, instinctivement, au lieu de prendre la lettre que lui tendait son patron, il fit un pas en arrière.

— Allons, prenez, insista M. Forestier, je tiens à ce que vous lisiez cette lettre.

Martin obéit, il prit le papier et commença à le parcourir.

— Lisez tout haut, ordonna le patron.

Et Martin lut ce qui suit :

« Monsieur,

« J'ai l'honneur de vous prévenir que le nommé Martin (Jacques-Christophe) ouvrier mécanicien, embauché depuis peu dans votre usine, est un agitateur révolutionnaire avéré. Il a été pendant longtemps, membre militant d'un Syndicat parisien, et a été condamné à trois mois de prison pour faits de grève. Nous avons tout lieu de supposer qu'il est resté en relations avec les groupes révolutionnaires de Paris et croyons devoir vous mettre en garde contre ses agissements, car vraisemblablement, il n'est venu ici que pour faire de l'agitation et essayer de fomenter une grève. »

Martin reposa la lettre sur le bureau et très calme, en apparence, il attendit.

M. Forestier s'était levé.

— Eh bien ! demanda-t-il, est-ce exact ?

L'ouvrier réfléchit une seconde, puis regardant son patron bien en face, il répondit :

— Alors, puisque vous étiez si bien renseigné sur mon compte, pourquoi ne m'avez-vous pas flanqué à la porte immédiatement?

— Parce que je n'ai pas pour habitude de condamner les gens sans preuves; d'ailleurs votre attitude semblait démentir formellement les dires de ce papier; dès les premiers jours, votre contremaître avait reconnu en vous un ouvrier de premier ordre; vous étiez, de plus, un homme tranquille, rangé, n'allant jamais au cabaret; j'avais fini par oublier complètement ce papier, et ce n'est que tout dernièrement, en apprenant à quelle louche besogne vous occupez vos moments de loisir, et aussi la propagande que vous faites dans mes ateliers, que je me suis souvenu, un peu tard, de l'avertissement qui m'avait été donné il y a deux ans.

Ah! mon gaillard, une première expérience ne vous a pas suffi! Vous vous apprêtiez à recommencer chez moi ce que vous avez fait autrefois à Paris. Vraiment, le plan n'était pas mal combiné : d'abord le syndicat, ensuite la grève.

Mais malheureusement, vous n'avez pas agi assez vite; maintenant, la mèche est éventée et mes précautions sont prises...

— Je vois que vous avez été mal renseigné, dit Martin; et si vous voulez bien me le permettre, je vais, en quelques mots, vous dire la vérité.

— Ah! Ah! railla M. Forestier, vous allez me dire la vérité? Je veux bien vous écouter, à condition toutefois que ce ne soit pas trop long; il y a, cependant, une chose certaine et que vous ne pouvez pas nier, c'est que depuis six semaines vous faites de la propagande pour établir un syndicat ici, j'ai des preuves indiscutables.

— Je ne le nie pas, et j'avoue même que

les apparences sont contre moi; mais vous m'avez promis de m'écouter.

— C'est bien, allez, je vous écoute.

— Voilà.

Il y a quatre ans, je travaillais à Paris, dans une grande maison d'automobiles; nous étions environ 600 ouvriers, tous syndiqués : la maison avait du travail à pleins bras; les salaires étaient élevés, les plus petites payes étaient de 100 francs, et on arrivait à gagner 100 et 110 francs par semaine. Certains camarades en profitaient pour s'offrir du bon temps, et il arrivait parfois que le lundi, et même le mardi, le personnel était loin d'être au complet.

Comme c'était à peu près toujours les mêmes qui manquaient, le patron finit par se fâcher et, un samedi soir, il fit afficher dans les ateliers un avis annonçant que ceux qui, sans excuse valable, manqueraient le lundi suivant seraient mis à pied pour huit jours.

Cet avertissement donna à réfléchir à beaucoup. Pourtant, le lundi matin, il y avait quand même une dizaine d'absents, et parmi eux le secrétaire du Syndicat.

Le lendemain matin, lorsqu'il se présenta avec ses camarades, les ordres étaient donnés.

— Vous reviendrez lundi prochain, dit le contremaître.

— C'est ce que nous verrons, riposta le secrétaire de Syndicat; en attendant, je veux parler au patron.

L'entrevue demandée eut lieu. Comme le patron affirmait son intention de maintenir la décision prise, l'ouvrier s'emporta; la discussion dégénéra en dispute, et, comme le secrétaire du Syndicat menaçait le patron, ce dernier appela le caissier et lui dit :

— Vous allez me régler cet homme-là ;
vous lui payerez huit jours et je veux qu'il
quitte la maison immédiatement.

— C'est bon, riposta l'ouvrier, vous ne tar-
derez pas à avoir de mes nouvelles.

En effet, le lendemain, une réunion était
organisée ; une délégation fut envoyée au
patron pour le mettre en demeure de reprendre
l'ouvrier congédié. Naturellement, le patron
refusa et sur-le-champ la grève fut déclarée ;
elle dura six semaines.

Presque tous, nous avions des économies ;
elles furent vite épuisées, et bientôt pour la
plupart d'entre nous ce fut la misère.

A mesure que les jours s'écoulaient, il deve-
nait de plus en plus évident que la grève se
terminerait par un échec ; nous apprîmes que
le patron avait repassé à un confrère ses commandes les plus pressées ; alors le découra-
gement se mit parmi les grévistes, et un
soir, au cours d'une réunion orageuse, plusieurs d'entre eux manifestèrent l'intention de
reprendre le travail le lendemain ; certes,
ceux-là n'étaient pas la majorité, mais il était
certain que si même un petit nombre rentrait
à l'atelier l'exemple serait suivi et que la
résistance deviendrait impossible.

Aussi, le lendemain, étions-nous tous à la
porte de l'usine, les uns décidés à entrer, les
autres, non moins décidés à les en empêcher.
Ce qui devait fatalement se produire arriva.
Une bagarre eut lieu ; comme j'attirais vio-
lemment vers la rue un camarade qui avait
déjà pénétré dans la cour de l'usine, des
agents de police me saisirent et m'emme-
nèrent. Deux jours plus tard, j'étais condamné
à un mois de prison, malgré les efforts de
mon avocat.

L'audience terminée, je pus à peine échanger quelques mots avec le secrétaire du Syndicat pour lui recommander ma femme et mes enfants que je laissais sans un sou. Brutalement, les gardes m'entraînèrent et le soir même j'étais écroué.

Ma peine terminée, je me hâtai de rentrer chez moi. Je trouvai ma famille dans une misère atroce; ma femme m'apprit qu'à plusieurs reprises elle s'était vainement présentée au Syndicat pour demander un secours. Les premières fois, on lui promit de s'occuper d'elle; on lui parla vaguement d'une souscription dans les journaux du « parti », puis, un jour, comme elle insistait pour avoir au moins de quoi acheter un peu de pain, on la mit à la porte.

— Sans les voisins et le Bureau de bienfaisance, me dit-elle, nous serions morts de faim.

En entendant cela, je fus pris d'une colère folle, et de suite, me voilà parti à la Bourse du Travail pour demander des explications au secrétaire du Syndicat; le misérable eut le toupet de se moquer de moi.

— Mais, camarade, me dit-il, un Syndicat, ce n'est pas l'Assistance publique !

C'en était trop. Hors de moi, je lui envoie un coup de poing en pleine figure. Il se met à crier; des agents arrivent; affolé par la colère, je les bouscule; ils m'emmènent.

Résultat : deux nouveaux mois de prison.

Cette fois, l'affaire fit quelque bruit; les journaux s'en occupèrent; des personnes charitables firent parvenir à ma famille quelques secours, et au bout d'un mois de détention, je bénéficiai de la remise du reste de ma peine.

Je résolus de quitter Paris. Des camarades m'apprirent qu'une grande fabrique d'automobiles venait de s'installer ici ; j'y vins et eus la chance d'être embauché ; au bout de trois mois, il me fut possible d'envoyer à ma femme et à mes enfants l'argent nécessaire pour leur permettre de venir me rejoindre avec ce qui restait de notre mobilier.

J'étais parfaitement tranquille et je commençais à oublier toutes mes mésaventures, lorsqu'il y a six mois, quelle ne fut pas ma surprise en recevant une lettre du Syndicat.

« Nous avons l'intention d'établir dans la localité où vous travaillez une section syndicale, me disait-il ; j'espère que malgré le « petit malentendu » qui a existé entre nous, vous êtes resté fidèle au Syndicat et que nous pouvons compter sur vous.

Dans le cas contraire, nous enverrons un délégué pour commencer la propagande. »

En lisant cela, il me vint une idée.

Je dois vous dire que pendant que j'étais en prison, j'avais réfléchi. Après avoir d'abord maudit de tout cœur le Syndicat, je m'étais dit qu'en somme, le Syndicat lui-même n'est pas une chose mauvaise et que dirigé par des gens honnêtes et consciencieux, il rendrait de grands services aux ouvriers ; sans compter qu'il peut servir de base à une foule d'œuvres utiles : Sociétés de secours mutuels, coopératives, caisse de chômage, cours professionnels pour apprentis, etc.

La lettre de mon ancien camarade me remit en mémoire ces réflexions et je me dis :

Voilà une occasion de jouer un bon tour à ces gredins-là ; je vais faire semblant d'accepter leur proposition, mais je leur fabriquerai un Syndicat dont ils me diront des

nouvelles! Puis, j'ai parlé aux camarades
nous avons eu déjà quelques petites réunions;
les statuts sont rédigés et adoptés: et je vous
garantis qu'ils sont tout différents de ceux des
Syndicats révolutionnaires.

— Voilà, Monsieur, où en sont les choses,
conclut Martin; je vous assure — foi d'hon-
nête homme! — que je vous ai dit toute la
vérité. En organisant un Syndicat, mon but
était d'empêcher *les autres* d'en créer un.
Pour ce qui est de la grève, j'en ai soupé, ça
coûte vraiment trop cher pour ce que ça rap-
porte!... Et maintenant...

— Maintenant, mon brave, retournez à votre
travail, interrompit le patron, et dites à tous
vos camarades que loin de m'opposer à la
création du Syndicat, je les engage au contraire à y entrer tous!

IV

L'Unique Remède

————

— Eh bien, Monsieur Moutonnet, êtes-vous toujours content? les affaires marchent-elles selon vos désirs?

— Ah oui ! elles sont jolies, les affaires! Si cela continue, je finirai par bazarder mon usine et à vivre tranquillement de mes rentes. J'en ai assez à la fin; quand il n'y a pas de commandes, on est assailli par les récriminations des ouvriers qui se plaignent du chômage; quand il y a au contraire de l'ouvrage à pleins bras, ces messieurs s'avisent de se mettre en grève. C'est encore ce qui m'arrive actuellement.

— Comment, vos ouvriers sont encore...?

— En grève, oui, monsieur, depuis jeudi dernier !

— Mais à propos de quoi?

— Le savent-ils seulement eux-mêmes? La vraie raison, c'est qu'ils se sont laissé monter la tête par de beaux parleurs venus de Paris, qui leur ont promis plus de beurre que de pain. Peu à peu, ces pauvres diables, sans instruction et faciles à duper, se sont figurés que le socialisme augmenterait leurs appointements et leur procurerait le bien-être le plus parfait. Alors ils sont devenus socialistes, et se sont crus obligés de faire grève, à propos de tout comme à propos de rien. Ils ne s'en font pas faute d'ailleurs; voilà la cinquième grève depuis moins de deux ans !

Ah! vous pouvez vous estimer heureux, vous, Monsieur Carlier, d'avoir un personnel aussi raisonnable et aussi soumis. Je donnerais gros pour pouvoir en recruter un semblable.

— Ça, c'est vrai, Monsieur Moutonnet, mes ouvriers à moi ne sont pas socialistes; et je puis même ajouter : *ils ne seront jamais socialistes !*

— Oh! oh! je crois que vous vous avancez un peu...

— Pas du tout, Monsieur Moutonnet, pas du tout ! D'ailleurs, il m'est très facile de vous expliquer pourquoi vos ouvriers sont tous socialistes et pourquoi mes ouvriers à moi né peuvent pas l'être.

— Je serais curieux d'entendre votre explication.

— Elle est bien simple. Vous n'ignorez pas que le but principal, on peut même dire le but unique du socialisme est de faire disparaître les inégalités sociales, c'est-à-dire de remettre entre les mains de la collectivité, les biens actuellement détenus par un petit nombre. Il va sans dire que ce système accueilli avec enthousiasme par tous ceux qui ne possèdent rien, ne sourit que médiocrement aux citoyens qui soit par leur travail, soit autrement ont acquis une certaine situation de fortune. Donc, si un individu aujourd'hui est socialiste parce qu'il n'a ni sou ni maille, soyez certain qu'il cessera de l'être le jour où il possédera quelque chose au propre.

— Alors, votre système consiste à faire de tous vos ouvriers des propriétaires !

— Précisément, Monsieur Moutonnet, vous avez deviné.

— Eh bien ! c'est un moyen que j'aurais le regret de ne pouvoir employer, car cela me coûterait trop cher.

— En êtes-vous bien sûr ? D'abord, soyez franc : Combien depuis deux ans les grèves qui se sont succédé chez vous, vous ont-elles fait perdre ?

— Dame, en comptant les clients que j'ai perdus, les affaires que je n'ai pas faites, les dédits que j'ai eu à payer par suite des engagements non tenus, et ce que j'oublie, je puis bien compter au bas mot deux ou trois cent mille francs.

— Et combien occupez-vous d'ouvriers ?

— Cent cinquante environ, d'un bout de l'année à l'autre.

— Eh bien ! Monsieur Moutonnet, si vous aviez consacré à l'amélioration du sort de vos ouvriers la moitié seulement de l'argent que vous ont coûté les grèves, vous seriez maintenant et pour toujours assuré contre elles. Ce n'est pas autrement que j'ai procédé.

— Comment, vous voulez, après tout le tort qu'ils m'ont fait, que je m'intéresse encore à ces gaillards-là ?

— Mais, Monsieur Moutonnet, c'est votre intérêt encore plus que le leur ; voyons, combien gagnent-ils par jour, vos ouvriers ?

— Mais ce qu'ils gagnent partout ailleurs, de 2 fr. 50 à 3 fr. 50 par jour.

— Pardon, ce n'est pas comme vous semblez l'affirmer, un salaire moyen de 4 francs par jour.

— 4 francs par jour ! Mais alors je me demande étant donné le marasme des affaires et l'acuité de la concurrence, comment vous pouvez arriver à joindre les deux bouts !

— Ce n'est pas difficile : mes ouvriers qui se rendent compte de l'avantage qu'ils ont à demeurer chez moi, me sont reconnaissants de les traiter avec justice. Ils travaillent courageusement et consciencieusement, je n'ai jamais eu à constater de sabotage, ni de malfaçon d'aucune sorte ; ils ont soin des outils et du matériel, et je considère qu'en les payant d'une façon raisonnable je réalise encore de sérieuses économies.

— Soit, je veux bien l'admettre ; mais j'attends que vous m'expliquiez comment, avec 6 francs par jour, vos ouvriers ont pu devenir propriétaires.

— Volontiers ; je possédais derrière mon usine des terrains assez étendus dont je ne savais que faire. Un jour, l'idée me vint d'y construire des maisons pour loger mon personnel. Je fis élever une dizaine d'habitations, et y logeai autant de familles d'ouvriers laborieux et stables. Chacune de ces habitations, suffisamment confortables et spacieuses, me revenait à 2.500 fr. à peine. Au lieu de les louer, j'eus l'idée de les vendre à mes ouvriers et de leur donner la faculté de s'acquitter au moyen de faibles mensualités. Cette tentative fut couronnée de succès ; au bout de très peu de temps plus de 100 ouvriers vinrent me demander de bien vouloir leur faire construire une maisons dans les mêmes conditions. Il m'était difficile de donner satisfaction à tout le monde. Je fus forcé de classer les demandes par ordre de mérite, mais en moins de trois ans je suis parvenu à caser ainsi tout mon personnel. Je n'ai pas lieu de le regretter ; mes ouvriers me sont profondément attachés; je n'ai aucune crainte de les voir se jeter sur l'hameçon perfide de la sociale, et tenter l'aventure d'une grève. Je suis bien tranquille sur ce point ; il y a cependant une chose qui me chiffonne et ne me cause qu'un médiocre plaisir.

— Laquelle ?

— Ils prétendent que c'est moi qui suis socialiste !!!...

V

Dans un Syndicat libre

A neuf heures moins dix, exactement, Justin Cheminel arriva au siège de la permanence syndicale.

Depuis un an environ, Cheminel avait été choisi comme secrétaire par ses camarades du *Syndicat Libre de l'Ameublement* et il s'acquittait avec un zèle inlassable de ses délicates fonctions.

Après avoir constaté que ses registres étaient en règle, que les feuilles d'adhésion et les statuts du syndicat étaient placés bien en vue sur son bureau, que tout enfin était à point, Cheminel alluma une cigarette, et, tranquillement, attendit la clientèle. Son attente fut de courte durée.

A neuf heures sonnant, un gros bonhomme d'une cinquantaine d'années, à l'air bonasse, à la mine réjouie et satisfaite, pénétra dans l'étroit bureau :

— Le Syndicat de l'Ameublement ?

— C'est ici, fit Cheminel avec un gracieux sourire, en lui désignant une chaise. Qu'y a-t-il pour votre service ?

Le gros homme s'assit, s'appuya confortablement contre le dossier de la chaise comme pour en éprouver la solidité, puis il répondit :

— Voilà la chose en deux mots ; j'ai entendu parler de votre syndicat comme groupant des ouvriers habiles et consciencieux, et [depuis longtemps déjà, je m'étais promis de m'adresser à vous quand j'aurais besoin d'un très bon ouvrier, l'occasion se présentant aujourd'hui, je suis venu vous trouver ; il me faudrait un menuisier habile ; je veux un homme tranquille et rangé, connaissant bien le métier, ne faisant pas le lundi ; il sera heureux chez moi et n'aura pas à redouter le chômage.

— J'ai votre affaire, répondit tout doucement Cheminel ; nous avons justement en ce moment un camarade qui ne travaille pas depuis trois jours, c'est un excellent ouvrier, il est père de famille, il ne se dérange jamais et fait son turbin consciencieusement, je puis vous le recommander en toute confiance.

— Je suis enchanté de ce que vous me dites. Où est-il ?

— Mais, d'abord, combien payez-vous vos ouvriers ?

Le patron fut un moment interloqué par cette question à laquelle il ne s'attendait pas vraisemblablement ; au bout d'un instant, il répondit :

— Je donne treize sous de l'heure...

Et comme Cheminel faisait un geste d'étonnement, il reprit :

— Oh ! je sais bien que ce n'est pas beaucoup, mais je vous ai dit que chez moi, il n'y avait pas de chômage, c'est, je pense, une chose à considérer, et puis, dans les moments de presse, on peut faire des heures supplémentaires à volonté, ça augmente la semaine et puis, c'est mon prix, je n'ai jamais payé davantage.

— Alors, dit Cheminel, en se levant, il est inutile de poursuivre la conversation. Depuis que je suis secrétaire du syndicat, je n'ai jamais placé personne au-dessous des prix du tarif et je ne le ferai jamais; je dois même vous dire que si un de nos syndiqués acceptait de travailler chez vous au prix que vous offrez, il pourrait être certain de sa radiation immédiate.

— Mais alors, dit le patron, c'est chez vous comme chez les socialistes?

— Je ne sais pas comme c'est chez les socialistes, mais s'ils en agissent ainsi, on ne peut pas, sur ce point, leur donner tort, mais ici c'est comme ça, et si vous étiez raisonnable, vous seriez le premier à nous approuver.

— Pourquoi cela?

— Parce que c'est votre intérêt. Voyons, causons un peu. Supposons que j'accepte votre proposition, l'ouvrier dont je vous parlais à l'instant gagnait dans la dernière maison où il a travaillé seize sous de l'heure; malheureusement, l'ouvrage étant venu à manquer on l'a mis à pied à regret. Supposez un instant que nos règlements lui permettent d'entrer chez vous à treize sous, il y restera peut-être quinze jours, peut-être un mois, mais lorsque le travail reprendra ailleurs il s'empressera, passez-moi l'expression, de vous plaquer gentiment. Pourriez-vous lui donner tort? Alors que ferez-vous? Vous trouvant dans l'impossibilité de le remplacer par un ouvrier sérieux, vous ne trouverez que des « bambocheurs » qui n'en ficheront pas un coup ou vous saboteront votre ouvrage et je ne vois guère dans tout cela où se trouvera votre bénéfice. Vous feriez donc bien de prendre le camarade que je vous propose et de le payer le prix qu'il vaut; je vous assure que vous y trouveriez votre compte. Ce serait d'ailleurs plus juste et vous auriez lieu d'en être plus satisfait.

Le patron parut touché de la logique de ce raisonnement, mais cependant, âpre au gain, il ne voulut pas se rendre encore.

— Allons, dit-il à Cheminel, je ne dis pas que vous ayez tort, mais montrez-vous raisonnable. Envoyez votre camarade, je lui donnerai quinze sous.

— Impossible, répondit Cheminel d'une voix ferme, c'est seize sous et pas un centime de moins.

Et comme le gros homme hésitait encore, il lui dit :

— Allons, vous avez l'air d'un brave homme, vous n'allez pas vous faire tirer l'oreille; le compagnon que je vais vous envoyer a cinq enfants; il faut bien qu'il leur donne à manger. Ces petits êtres ont droit à la vie aussi bien que vous et moi.

Cet argument eut raison des dernières hésitations du patron. Il tira une carte de son portefeuille et la déposa sur le bureau.

— Eh bien, dit-il, puisque vous causez si bien, j'accepte vos conditions; que votre camarade vienne commencer demain matin à 8 heures, mais je vous avertis que s'il ne me donne pas toute satisfaction, je ne remets plus les pieds chez vous!

— Soyez tranquille, dit le secrétaire, je réponds de lui. Vous verrez vous-même avant peu, que vous venez de faire une bonne affaire et vous reviendrez sous peu, me demander d'autres ouvriers.

Et le patron s'éloigna, enchanté au fond,

tandis que Cheminol rentrait dans son bureau éprouvant le plaisir qu'il éprouvait chaque fois qu'il trouvait de l'ouvrage à un chômeur.

Quelques jours après, une semaine à peine, le même patron revenait au même bureau demander deux autres ouvriers aux mêmes conditions.

9 782019 714079